解が無いことを考える

有泉純一
ARIIZUMI JUNICHI

幻冬舎 MC

解が無いことを考える

人が他の動物と異なる点は、
火の使用、二足歩行、投擲《とうてき》力らしい。
「考えること」は入っていない。しかし……
よく考えた人は、
「人は考える葦《あし》である」と言っている。

目次

第一章　生きているということ

生きているということは、「傾向である」と私は、思っている。この思い込みは多分、フロイトの、何らかの影響だろう。「傾向」だということは、軽々しいことは全く意味しない。生物は、猛々しくも、弱々しくも、活動を続ける。

人は、命より名を惜しむことも有り得るが、通常の生活では、命は、かけがえも無く大切なものである。

個々の「命」は、ある時間帯に存在し、より好ましい状況を目指して、その傾向を続けるように動き、傾向を妨げることには、反発する。この傾向は各個体だけではなく個体の群れについても当てはまる。

死は、この傾向の中断である。生まれたときから育ててきた魂は、体から抜け出し、何時間か後に消えるのかな、と思われる。

人が死ぬと、その瞬間に、体重が減るという。

花や建物等、同じものを対象とした写真と絵を比べると、一般的には絵のほうが人の注意を引き付ける。生命力が乗り移っているかのような感じが有る。

生命とは何か、という設問自体に存在価値が有るとも思われない。「生命は有るだけで価値が有る」と言う人もいるようであるが、それは主に自分の生命についてであり、距離・時間・ＤＮＡ等が自分から離れれば離れるほど、関心は低くなる。

＊

超高齢化の現象が自殺の話題を広げている。自殺は死因の大きな比率を占めている。安楽死をできない人が自殺を選ぶのだろう。安楽死は、基本的には認められるべきと思うが、実態は極めて特殊な、微小な部分でのみ認められていると言い得る。論理的または倫理的にも困難な点が有るが、実務的には、犯罪との区分が判然としないことが圧倒的な理由だと思われる。

数年前の国会選挙で、ある県に「安楽死制度を考える会」からの立候補者がいた。

＊

戦争は人殺しの最たるもので、第２次世界大戦では世界で数千万人が殺されている。核兵器反対という意見は多いが、それは無くならない。最近の戦争では、民間人を殺すのは犯罪だといわれる。東京大空襲で民間人十万人以上が殺されている。最近の報道を聞くと、一歩は前進したかと感じる。

戦争を早く終わらせるために核兵器を使った、という考えは今でも有るようだ。

＊

人の命は地球より重いと言いながら、社会は車を作り続け、大きな工事を続け、自分たちの便利な生活を維持するために運が悪い少数の人や様々な生物等が殺傷されるのはやむを得ないことと、容認している。

*

今、炭酸ガスの問題が頻繁に報道される。数十年前に炭素税の件が話題になったが世間は全く動かなかった。

車の排ガスを規制しても、タイヤと路面の摩擦による粉塵の規制の意見は大きくはない。炭酸ガスの規制が一段落すれば、粉塵規制の議論が起こるだろう。

最近では、いわば数千万円の事業当たり一人の死が起こっているのではないかと感じる。

コロナウイルス対策で、緊急事態宣言期間を長くすると死者が減り、経済的損失は増え、期間を短くすると死者が増え、経済的損失が減る、という数理モデルが紹介された。

＊

人さまざまだから、人はそれぞれの多様な価値が有る。

＊

裁判官は、この価値を、主として金額で、決めなければならないことがある。

植物については、大昔から、「接ぎ木」が行われてきた。人は、植物や他の生命体についても、人の役に立つように体の接ぎはぎを行ってきたが、現在、人は延命等のために、臓器移植を行う。

移植可能な臓器が不足すると、人は考えて臓器を作ろうとする。箍《たが》が外れると、臓器売買等の、危険な領域に入る。

*

動物愛護とか鳥獣保護と言われるが、当然ながら人間が良い状況の生活を保持し続けることが前提である。人の生活に重大で切迫した害を与えない程度の鳥等の有害生物については、論理的な行動を取れないでいるように思われる。

鳥インフルエンザが人に感染しない限り、野鳩にパンくずをやる人は絶えない。すぐそばにいるカラスを追い払いたいと思うのが多くの人であろう。猪や鹿等々の食害、ムクドリ等々の糞害・騒音害で現実的な被害を受けている人は多くいる。ヒヨドリを、空砲等でいじめてもいいが、殺してはいけない、という決まりらしい。立法・行政は鳥の糞害から効果的に人を守る手段を作れないのか、と思う。

個体数が多い魚等は、食べてもよいが、個体数が少ないものは食べてはいけない、というのは、分かりやすい。

＊

日本の出生率は史上最低という報道が有る。

若年女子の中絶希望者数が史上最高という報道が有る。

＊

プラスチック等々地下から掘り出した物で人は生活を享受してきた。今、その廃棄物処理等で人は苦悩している。すべてを埋め戻すわけにはいかない。海洋を汚染から守ろうとする動きは有っても、改善する手段は、ほぼ無い。人は、自分が出てきた、海を汚している。

地球上の人の繁殖は激しく、それが、いつ停滞するか分からない。

＊

人以外の生物が、人の能力を超える力を見せることは珍しくない。ある動物園に、外部から一匹の猿を持って来たら、檻が到着した瞬間に、従来飼われていた猿は、一斉に畏怖して、その新入りの猿が、直ちにボス猿になった、ということを、読んだことが有る。

第二章　歴史

百三十七億年前にビッグバンが起こり、四十六億年前に地球ができ、数百万年前にヒトらしいものが現れた。そして、地球上の生命が数十億年後迄に消滅するだろう、ということのようだ。

地球上の水、アミノ酸は小惑星から届いたという。

オパーリンは『生命の起源』で、物から生命ができたという考えを示した。ＤＮＡ

が発表されたのはその後であった。

＊

真空だと教わった所に暗黒物質が充満しているということ、素粒子、ビッグバン等、その圧倒的な世界を垣間見る程度の話の前で、多くの人は立ち尽くす。

数十年経つと、人の価値観が部分的に変わり始める。数百年経つと、その頃の人があることに関心を持っていた理由さえ理解できなくなることが有る。数万年から数十万年たつと、丈夫なＤＮＡも変化するらしい。

過増殖した人の将来の問題は、食料やエネルギーの問題だけでは無さそうだ。

何事にも書き尽くせない歴史が有る。起こったことは一つだが、それへの見方は複数有る。

＊

少なくない人が、自分の直系の祖先に関心を持つ。しかし、自分の八分の一の祖先を知っても、八分の七の曾祖父・曾祖母等を知っている人は、殆どいない。十代前に遡れば、いわゆる傍系の血が殆どになる。

何れにしても、自分の祖先を知ることが、意味が有る場合と、ほぼ無意味な場合とが有る。魚のような形態をしていた時代や単細胞時代の、祖先については当然関心が少ない。

＊

ある程度知られた話だが、聖母マリアの家系については記述が見当たらないのに、イエスとは血縁がないヨゼフについて延々と記述が有るのは、どういうことだろうか？　マリアは女性だから、傍にいたヨゼフで代わりにしよう、という強度の男尊女卑の時代だったのか。関係者はすでに解決済みの話かもしれない。

第三章　仏教等

死に対する恐れのような感覚は、人以外の動植物にも有ると思われる。その恐れの心が行動に現れたものが、宗教の萌芽か、とも思われる。人の現実の死に際したときだけではなく、飢餓が遠のいたとき、海難から生還したとき等、人は恐れの心を持ったり解放感を味わったり、何らかの動きをする。その行動の様式が、多数の人を動かすまでに体系化されたものが「宗教」と成るのだろう。

啓示により成立することも有る。

宗教の体系化には、積極的な意識・論理が必要なので、その時の文化相応の宗教が興ったと考える。

苦しいときには、鬼や魔物が、はびこった。鬼や魔物は消極的な意識から発するものなので、それらが主体になる体系化は困難であったと思う。

仏教も含め、おまじないから離れない宗教が多い、というより、まじない性が強いのが宗教の本質であろう。火を燃やしたり太鼓を叩いたりすると、特殊な感覚になる。まじない性を含みながらも学的色彩が比較的に強い仏教は異色なのだろう。

宗教的要求は「永遠の真生命を得んと欲するの要求である」（西田幾多郎『善の研究』一九一一）という所論は、崇高の極致という感じで、私には理解し難い。

＊

膨大な仏教系の出版物では、手にすることが無いものが圧倒的で、たまに書店で購入したものも、理解できない部分も有る。

＊

多くの宗教は、生まれ変わりを含めて永遠の命を説く。しかし、釈尊は、弟子から「死後の世界はどのようなものか？」と聞かれると、誰にも分からないことを考える時間が有るなら、人のためになるように、道を掃除したり、橋を架けたり、しなさい、と言われた、という話が有る。

＊

私が特に共鳴するのは、例えば次のような、誰にでも分かる言葉である。

・今できることは、今する。
・「茶に逢っては茶を喫し、飯に逢っては飯を喫す」
・小さくても「悪」はしない。小さくても「善」はする。

第1項目は、以前流行した「今でしょう」の原型かもしれない。これらの言葉は、安易な表現であるが、形容の仕方が無い程度に輝いている。「ひたすら座禅をする」という言葉も素晴らしい。これらに合致する人は優秀な人である。より大きく善いことをする人は、より優秀な人である。
優秀な人の行為を妨げ、他人に迷惑をかける行為をすることは悪いことである。

＊

大日如来とか世界精神とかは、部外者には分からない特殊用語で語られ、部外者でも分かる言葉を使う場合でも、今の意味とは異なる意味であることも有り、俗物の私には殆ど理解できない。お伽噺的な部分は、ま、そんなものかなと思う。
弥勒菩薩が五十七億年後現れるときは、地球上には多分生物はいないと科学者はいう。だから、この年数は何かの隠喩《いんゆ》なのかもしれない。

昔は、多くの大小の宗教集団の頂点に立つ者は、自分が絶対的に尊く、人から崇拝されるべき存在だと思い込むようになってゆき、世俗権力も手に入れようとするように努力したように見える。

こういう現象は、現代の多くの宗教、学問、芸術というような、他の精神的活動の分野では、露骨な形では見られない。

後世に良く評価される著名な者は、結局、世のため人のためになったと想定される人物であるように思われる。

＊

釈尊が説法をしたとき、皆の前で花をひねったが、それを見て、高弟の一人のみがその意味を理解して微笑まれ、さとりが伝えられた、という話が有る。特殊な能力を持った人が存在する。

*

「仏教」でも、土着の民話と混交した原始的信仰や、形而上学的な「ものごと」を説く部分、真言（呪文）的部分については、残念ながらよく理解できない。

多種多様のホトケ等が、考え出されたことにも、あまり関心を持てない。いろいろな仏、菩薩、明王、天等の記述は、優秀な人々が大勢いた、と勝手に考えれば、よいのかと思う。

私の能力の不足で、理解しがたい言葉が多いが、きわめて長い歴史の各時代での、いわば背景・流行があったのだろう。

＊

仏教の日常的な「法事」では、「読経」という、場面が有る。読経の内容は良いので、少なくない人は、言葉が聞き取れず、意味が分からなくても、なにか良いことを期待したり、法事とはこういうものだと心得て、聞き入る態度を執っている。多くの場合続いての法話で、一部を補っている。

しかし、多くの聴衆には分からない行事が、何故続いているか？　仏教の長い歴史の中で、多くの優れた人が、多くの経等々で、良いことを述べている。非常に長い伝統等で、変えるのは困難なのであろうが、私は、分かりやすい話を聞きたいと思っている。

＊

膨大な量の写経に明け暮れた歴代の僧侶は、読み、考え、納得する時間が有ったのか、一種の衝撃を感じる。

＊

多くの仏教が、政治・経済・社会機構の中心から次第に遠くなり、現代の政治経済システムとの関連が希薄になったとき、末寺では、建築物、彫刻等の造形物が有ることで、観光の対象となり、法話も含めて、参観料を徴収するようになっていることは当然であり、一種の安堵感を感じる。

超高齢化社会が一段落したとき、状況が厳しくなければ良いと思う。

＊

数千年の歴史、無数の人の智慧、世間の波に揉まれた、殆どの宗教には、当然ながら優れた点が多々有る。圧倒的に多くの人は、何らかの宗教を根拠に生活を維持している。

多くの宗教がそれなりの、いわば典拠を持っている。仏教は持ち過ぎている感が有る。教えを集約しようという努力が、極めて残念ながら実りは少なかったようだ。現在、一部の出版物は、これを若干補う役割を担っている。

＊

日本国の成立以前からの歴史と切り離せない神道には、典拠、言葉が比較的に少ないように感じる。言葉が少ない宗教が、神仏習合の嵐を乗り越えて、排仏毀釈の反撃を行い、七五三や村祭りを始めとして、人々の間の行事に、しっかり根を下ろし続けている。いろいろなものが神になり、いろいろな神社があり、いろいろな願いを聞いて戴ける。

＊

出会いたくない恐ろしい神もいるようだ。

元首相が選挙の応援演説中に銃殺されるという事件が起こった。「宗教団体」もいろいろ有る。この件は、宗教の一面を示している。

第四章　優生

「意思疎通ができない人間は、生きる価値が無い」「障害者は生きていても社会の為にならない」という思い込みで、相模原知的障害者福祉施設で十九人が殺される事件が起きた。

人を殺し、傷つけてはいけない。明解である（殺人者への死刑はまた別の問題である）。同事件について、二〇二〇年三月、犯人死刑の判決。

事件が衝撃的だったせいか、ナチス的だとか、優生思想の影響が有るとか、いろいろな意見が表明された。

＊

優生というと、直ちに、悪名高い優生保護法と意識が連動する傾向が有るのか？優生保護の考えが強制不妊手術等につながるのは、極めて短絡的で犯罪である。人の命、生活の状況に関わることは、学問の進歩と、世論の動向により、超長期的視野のもとに、より慎重に考えられなければならない。

人は野菜でも家畜でもない。

優生保護の考えが、人種的偏見につながり、一例としては、ユダヤ人虐殺のナチズムに繋がったか、という論も有るが、うがち過ぎで、犯人がナチズムに染まっていたとも思われない。

＊

「優生」が「遺伝的に優良な形質を保存しようとすること」であれば、この発想自体が悪いことであるとは思われない。人は、血が濃くなるからと、昔から近親結婚を避けてきた。

優生の考えが殺人を誘導するとの考えには、やや飛躍が有るように感じる。

殆どの命は、親に生き甲斐を与えることを含み、一隅を照らしている。

＊

差が有るからという理由で不合理な待遇を受けるのは不合理で、悪いことである。いろいろ有るだろうが、総じて言えば、障害が有ることは比較的に不利ではあるが人間性として劣っていることは全く意味しない。

＊

ゲノム解析が登場しているので、優生思想も変容・退場することも有るか、と思われる。いずれにせよ、ゲノム解析の結果も、「人」の権利を損なうことにつながってはならない。

＊

米国の連邦裁判所が、女性に中絶の権利が有るという従来の判決を六十年ぶりに覆したとの報道が有った。ＵＳＡのある以前の大統領が在任中に保守派判事三人を任命した結果だという報道が有った。

＊

優生とはやや異なる件であるが、無人駅が増えることについて、ある障害者が「移

動の自由を奪う」と訴えたとの報道が有った。（二〇二〇年 十一月七日 NHK）

第五章　教育

子供は、ただ生きているだけでは、人間らしい人間にはならない。多くの場合、子供の幼少期は、いわば成人の代表としての、親や祖父母等を見て育つ。だから、漁師の子は漁師に、勤め人の子は勤め人に、そして、避けたい例だが政治家の子は政治家になりやすい。

子は、周囲を良く観察している。見聞きしたことを自分なりに整理整頓している。子供も嘘をつくし、隠し事もする。良い大人が「教育」をしなければ、社会人として一人前にはならない。

躾《しつけ》は、理屈が分からない子に、美しい動きをさせるように、半強制的に行う教育だと思う。

＊

強制と体罰は全く別件である。教育と体罰の関係は頻繁に取り上げられる。親が火傷しそうな子供の手を叩くのはごく自然でこれを体罰として禁止するのは無理が有りそうだ。理解力に応じて叩くのを止めるのは、また当然である。幼児と大人は、更には、理屈を理解できる人と理屈を理解できない人とへの対応が異なるのは、当然だろう。

大人は叩くより理解させた方が良い。しかし、理解しない大人については別に対応する必要が出てくる。

以前、あるヨットスクールでの体罰が問題にされた。体罰が珍しくなかった時代のことである。現在でも類似の件は、続いているらしい。

体罰に頼るのは、指導する地位にある者自身の、指導に関する理解力の問題かも、と想像される。言葉を尽くしても理解しない被指導者もいる。説諭して、「分かった」と言っても分からない人は多くいる。しかし、殴る蹴るのような体罰は、被指導者には悪い結果を与える。

＊

「教育」は生まれたときから始まり、人に迷惑をかけてはいけないことを学ぶのが入り口で、学校教育を経て、社会に役立つように努力することを学ぶ。

教育の終わりは、大学院を卒業することではなく、自分で自分の教育を続ける方向づけができた時であろう。


教育も全力をもって行うべきで、教育にマイナス効果を及ぼす「ゆとり」は無いほうが良い。有能な先生が全力で教えても、教わる方はそれに応えるとは限らない。教えに応えないことは珍しくない。理由は様々だろうが、教育の一つの限界かと思う。

（やや、ずれるが、ここ数十年日本人は働きすぎということで、休日を増やしてきた。働かなければ、「Japan as number 1」は、維持できない、と思うのが自然である）

＊

平成初期頃までは、大人になったらなりたいものには、運転手、パイロット、警官、看護師、医者等が挙げられた。二〇二〇年頃には、ユーチューバーになりたいという者が増えたそうだ。大人がそのような傾向になれば、子供もそうなる。

＊

社会的構造が変われば、子供の志向も変わるのは当然だが、社会に役立つか否かの基準はあまり変わらない。

多くの物事は、基礎がおろそかになれば、良い結果は期待できない。

第六章　人種

人種として、肌色が薄い順に、尊厳が有るとか、威張るのが当然という感覚が、世界に普遍的であると思われる。肌色がほぼ同じでも、人種差で不合理な差別が有る。考えれば、こういう感覚は問題が有ると多くの人は判断するが、考える以前にこういう感覚によって行動を起こすことが多い。

二〇二〇年春、アメリカ合衆国で白人警官が微罪の黒人を殺し、再び、問題になった。世界中で抗議活動が起こった。奴隷制度を維持しようとした、百数十年前の南軍の将軍像が壊された。抑制的な人もいるが、多くの人々は人種に関し、一般的な感覚を表明する。

＊

繰り返すが、差を差として認識することは合理性の基礎である。但し、男女差、人種差、のように、生まれた（受け身）ときに決まったもの、または生後、運で生じた差で、不当な、換言すると理屈に合わない差別待遇をするのは、悪いことである。差とか運・不運に関する感覚も人によって異なる。

＊

多くの人の生活状態の差は、基本的には、個々人の能力の差ではなく、運の差に基づいている。運の差で、有利または不利な状況に置かれることが圧倒的に多い例は人種差である。

＊

「人種の差」と「差別待遇」の差は、理解できても、魂の底から納得できるか、疑問が残る。

人種差を男女差や体格差等と一様に扱うことは難しそうだ。私には分からないが、例えば、同じコーカソイドの仲間の間でも、肌色の濃淡で一種の順番意識が有るのではないかと想像する。判断では平等と考えても、魂の基盤には、白人、より白い人、が優れているという消し難いものが有り、何かの折にはそれが顔を出す。あからさまに白人の優越性を表明する白人もいる。非白人に対する忌避感と言っても良い場合も有る。白人の著作物等で、言葉の端々に有色人種に対する、まあ、優越感が現れることが少なくない。ナチズムは一つのピークかもしれない。

＊

黄色人種という言葉が有るが、この言葉自体が人種への偏見ではないかと思う。黄色い肌の人は存在しない。いわば表現としては、褐色人種の方が近い。所謂白人から黒人迄、肌色の濃淡の変化幅は、広い。褐色人種の中でも、薄色人種が濃色人種に対し、優越感みたいなものを感じることが有るらしい。

*

多くの日本人（他の有色人種もそうかもしれないが）は、白人に好感を持つらしい。「好い」というのはやや違うとしても、何かそれに似た感覚を持つのではないか。白人といっても、地中海民族と北欧民族では、差が有るが、非白人にとっては、その辺はどうでもよい感じである。

*

多くの日本人は、外国に行くと、その土地の言葉で話そうとする。
多くの日本人は日本に来た外国人と話すとき、できればその外国語で話そうとする。

＊

人種差の感覚は強烈なもので、ヒト（又はそれに類した生物）の根源的な感覚かもしれない。人以外の動物でも、植物でも、種間の争いは当然で、強い種は生き残り弱い種は滅びる。種の変異は必然だが、どの過程でも生じる、回避不可能な現象なのであろう。

人が穏やかに生きてゆくためには、「人種偏見」が良くないことは、多くの人が理解できるが、根源から湧き出す感覚は、相当の努力をしても抑えることは難しい。

大量の難民を受け入れた社会は、一時的にでも不安定が生じることが有る。人にも具体的な表現が困難な許容範囲が有る。しかし、穏やかな共存のためには理屈に合う限り許容範囲を広げる努力が望ましい。

＊

色白は七難を隠すという言葉が有る。

第七章　遊び・スポーツ

ある辞書の一九五〇年版には、「遊び」とは「あそぶこと。なぐさみ」「管弦の催し」「酒色にふけること」「ばくち」「だらしないこと」と記されている。二〇二〇年の版には「〔文芸・芸術の理念として〕人生から遊離した美の世界を求めること」「工作物等で、必要な隙間も〔あそび〕と言われる」という項が加えられ、遅きに失しながら、改善されてはいるが、上品になり過ぎている。「生活から遊離」という表現は、多分生理的生活を超えた、ということを表現する意向かと思われるが、やや疑問が有る。芸術・美は、遊びの上部構造に属することであり、通常の遊びは美の世界を求めているわけではない。

「生理的生活にゆとりができたとき、心を楽しませる心身の動き」が遊びであると思う。

ホイジンガーは「全ての遊びがそれぞれの規則を持っている」と書いている。「規則」を明記しないと、この研究者の理論的体系と矛盾するし、もしかしたら宗教的背景が影響しているからか、と勝手に推測している。このように規定すると、原始的な遊び、「飲む・打つ・買う」は「遊び」から外れてしまう。もっとも、これらは「道楽」という言葉でくくった方が落ち着くかもしれない。

＊

欧米では、人類が発明した室内の遊びでは、ブリッジが最高のものであることになっている。これはやはり最高部類に入る囲碁等と比しても、誇張ではない表現と言い得る。

将棋、チェス、は、敵の王を詰める、ゴルフは球をホールに入れる、という明白な目標が有るが、囲碁、ブリッジは、バランスで勝負する。特に囲碁はバランス感が強い。一直線派とバランス派では、プレイヤーの気質、体質が、やや異なっているようだ。スポーツにもバランス派は有るのだろうか？

囲碁、将棋等は、最後まで競技を続けることは少なく、途中で「負けました」と言うことが多い。勝敗が一瞬で決まるゲームは、途中で投げることは殆ど無い。民族性の差も有りそうな感じが有る。

＊

単純明快なスポーツを見ていると、一種の感動・爽快感を感じることが多い。大相撲もこの範疇に入る。

相撲で相手の髷に手が入ると反則負けになるのは興味深い。勝負をしながらも、相手の立場を尊重する心構えかと、推測している。勝ってもガッツ・ポーズをしないで、相手に礼をしてから下がる。

＊

採点方式のスポーツも、単純なものほど理解しやすい。

＊

社会が経済的側面で豊かになり、娯楽を求める時間が増え、これに応えるものとして、各種競技、スポーツ等を、職業とすることが可能になっている。

＊

こみいった競技は、関心を惹いても素直な感動を呼ぶ度合いは少ないのではないか。

雪上競技でも、サーフィンでも、近時は、空中に跳んだり跳ねたりする多種の競技が増えている。

「体育の日」が「スポーツの日」に変えられた。時代による用語の変化だろうか？　一般の観客にはサーカスとの区分が判然としないスポーツも有る。

＊

＊

二〇二二年冬に北京で世界的スポーツ大会が開催された。中国による新疆等での人権侵害、中国女子テニスプレイヤーの行方不明事件、カンボジアのクーデター後の人権侵害、ロシアによるウクライナへの侵攻の準備等々が報道され、平和と言い得る状況であったか疑問が有る。

平和の祭典と言われながら、従来も平和と無関係に世界的スポーツ大会が開催されたことも有った。

＊

アスリートと呼ばれる人の一部の人が自分の競技で「人に勇気を与える」という。これは特異な現象かと思われる。

他の職業に就いている人は、「人に農産物を与える」とか「人に運送を与える」とか、言わない。

次の段落は、「座標遊び」である。

*

各種遊び、スポーツ等を、「精神的か肉体的か」という軸と、「良く極められたか思いつきか」という軸による座標に分布させることができそうである。茶道、華道、香道等は精神的でよく極められたものに区分される。一方、鍛えられた人の体操等は、肉体的でよく極められたもの、に位置する。赤子は、風車を回しても喜ぶ。これは精神的とも、よく極められているとも言えない。基礎の芸の修練を経ない物真似、所作、駄洒落等々は、座標の下部に入る。声楽家の歌とカラオケ愛好家の歌、落語、漫才等々それぞれの位置に入る。

＊

遊びを極めても、美の世界には入ってゆくのは難しい。そのためには、心的努力を伴う跳躍、昇華が要る。

＊

昔は、当否は別として、代表格の愚民政策として、スポーツ、スクリーン等の三S政策が挙げられてきた。現代では、「食」が入っている感じが有る。

現代のスクリーンのＴＶは、実にスポーツ番組が多い（次に食事の話題が多い）。ニュース番組も「バラエティイーショウ」化が進められて、「ニュース」より「話題」が占める時間が多くなっているように感じる。

スポーツは素晴らしいし、今や全盛時代と言ってもよい。但し、愚民政策とまではいかなくても、「スポーツ」や「食」の過剰な報道で、結果として政治・経済の実態の報道が、過少になるのは、好ましくない。特に大規模なスポーツだと、観客等を集団的な興奮に巻き込みやすく、留意が必要かと思われる。

人は、特に報道に従事する人は、意識的に見守っている必要が有りそうだ。

＊

税金を使った事業については、予算と決算を中心とした数値等々を国民に正確に、分かりやすく、知らせるのが、大原則と思う。

＊

世界的スポーツ大会の日本側の関係者が贈収賄の疑いで逮捕された。真偽はいずれ明らかになるだろう。

第八章　表現の自由

制服、髪型、化粧等の規制の問題は、小・中学校に始まり、多くの職場、地方議会から国会まで、頻繁に問題になり、議論が散発する。刺青もその一形態だ。

女子生徒の茶髪を黒く染めるようにとの校則は正当である、という地裁、高裁の判決があったとの報道が有った。

ほぼ同じ時に、大阪の高校教師が、定年後の再任用希望の際、君が代を起立して歌うか否かで、不採用になり、大阪府に損害賠償を求めた件で地裁は訴えを退けたが、高裁は訴えを認めた。理由は、訴人より重い処分を受けた別の人が再任用されていて、合理性を欠いたため違法だとのこと。起立するか否かを聞いたことは違法では無い、とのことである。

自由は、もともと、生命の発現なので、当然のことであるが、これが、国民の平穏な生活や国家の存在意義との整合性が損なわれると、問題になる。

例えば、ある表現が猥褻《わいせつ》か否かの判断は、その社会の状況によって流動する。感性を磨いておくことが大切である。

往時の「見世物小屋」や夏祭りの「お化け屋敷」のようなたわいの無い見世物は、

TVやデジタル機器でほぼ淘汰された。

かって、繁華街では過剰と感じられる騒音・騒色が溢れていたが、コロナのせいか下火になった感がある。コロナが治まっても、節度を保って頂けたらと思う。

テレビの宣伝では、画面や音を騒がしく変化させるものが多い。

一方、比較的静かな画面で強い効果を持つものも有る。

＊

二〇一九年の国際芸術祭「あいちトリエンナーレ」で、慰安婦にさせられた少女の像や、昭和天皇の写真をバーナーで焼く映像等をモチーフにした、企画展「表現の不自由展・その後」などに対し、抗議が殺到したり、脅迫騒ぎが有ったりした。それから二年近くたった時、作品の再展示をめぐって再び日本各地で議論等が巻き起こった。

*

この騒動の根源は、表現の自由云々よりも、民族間の不信感に有るかなと感じる。「神功皇后」の「三韓御親征」の頃から日本人は、かの地に出兵等を繰り返してきて、遂には併合し、実権を奪い、その地の人にとっては、心底から許しがたい気持ちになっているのかも、と思わないでもないが、やはり時代にふさわしくない感情かもしれない。

日本は、「おわび」を表明して、損害賠償をし、再発防止の措置を取っている、と理解しているが、許せないという人もいる。いろいろ困難な状況は有るが、マイナスの状況から早く脱却したい。

＊

表現の自由とはややずれるが、コロナワクチンについて、ＳＮＳで、効果が無い、不妊になる等々から、政府がチップを埋め込んで管理する、までのデマが横行しているという。これに関し、あるＳＮＳ企業は、「民間企業が真実の裁定者であるべきではない」とか、「表現の自由とのバランスを考える」、とか言っているとの報道があった。

ＵＳＡのある大学で、コロナワクチンを接種しない学生を退学させるという報道が有った。接種するか否かの自由は、基本的には有るが、この「自由」は、高い可能性で、多くの人をコロナから守るという「公共の福祉」には勝てない。同様の事態は無数に有る。

第九章　幸福

国連による、「幸福な国」の指標には、ＧＤＰ、社会的支援、他者への寛容、寿命、自由度、国への信頼等が主な指標として用いられているようだ。これは欧米主導で決められた指標と思われる。即物的な感覚の定義だと感じる。

本来、幸せは、心が満ち足りていることで、「真善美」とは別の基準である。この辺は、欧米でも『王子と乞食』、『ローマの休日』等でも意見が出されている。

＊

宝くじが当たるのも、大金を拾って報奨金が交付されるのも、幸福と呼べなくはないが、いわば、しみじみとした幸せ感は無いと思う。昇華の度合いが異なる。

人が喜ぶことをすることが、幸せの極限かもしれない。脳波の測定等の工夫で幸せの大きさをはかろうとすることは、それなりの意味も有るだろうが、一種の遊びであって、「幸せ」の究明にはならない。

第十章　平等

人は、もともと多様性が有るので、太古から、人さまざまである。だから平等ということは、当然同一ということではない。不当な差別待遇をしないと言い換えても、事態はすぐに解決されるわけではない。何が不当で何が正当なのかを明示することは困難かもしれないが可能だろう。「差別待遇反対」という言葉に、多くの場合「不当な」ということが含まれている。その「差」に、その時代の、その社会の、社会的合意が得られるか否かの問題である。

＊

第二次世界大戦終了時までは、日本に現在のような「平等」は無かった。

今、「男女平等」は有るだろうか？　徐々に女性の地位は向上してきたが、まだ女性は平等未満であると思われる。

派遣社員への待遇は、平等だろうか？　平等未満であると思われる。

別章で取り上げたが、人種に関してはどうだろう。

二〇二三年、官邸でＬＧＢＴに関し不当な発言がされた、との報道が有った。この問題も、冷たく、平常心で対応しなければならない。

＊

「ロシア国営や政府系テレビ局が討論番組で、世界的スポーツ大会に参加したＬＧＢＴの選手を中傷したことが波紋を呼んでいる」との報道が有った。

中国中央テレビ（ＣＣＴＶ）の女性記者が、陸上女子砲丸投げで金メダルを獲得した中国の選手に性差別と受け取れる質問を浴びせたことに対し、中国のＳＮＳ上などで批判が相次いでいる、とのことである。

英BBCは、CCTVへの批判は、中国社会に定着している「女性への期待」や「時代遅れの考え」に対する反発だと指摘した、との報道が有った。

＊

日本で男子として活動していたトランスジェンダーが、女子として競技に参加する意向を示し、一般の女子が一種の困惑を示しているとの報道が有った。

＊

スポーツ大会への参加者のクラス分けは、その社会の（「男性のみ」、とか「成人のみ」とかいう）風習、決まり事、が基礎になる。スポーツは、体力、筋肉量の差によりクラス分けがされることが多い。

生まれたときに決まっていることで不当な差別をしてはいけない。違うものは違う。違う態様に応じて、良い対応をとる努力をするべきである。

スポーツ団体は、ＬＧＢＴの参加問題の対策を、真正面から出せないのかと思うが、社会的対応が定まらないと難しいのだろうか？

＊

平等という言葉は古くなった感も有るが、この問題は、永久に解決されないことであろう。

＊

ちょっとした話だが、日本の市販薬は、大人か子どもかによって服用量が決められている。しかし、体重によって服用量が決められている国が有る。一長一短は有るが、体重による指示の方が、やや良いと思う。

第十一章　美

欧州生まれの「真善美」という価値観が現在、広く受け入れられているか分からないが、価値観は、当然、「真善美」に限定されるものではない。これ以外にも何かの価値基準（徳、礼、信、考、忠等々）を挙げることも有り得る。以下、美について若干触れる。

「酒母」等に美しい音楽を聞かせると良い酒ができるという話が有る。微生物が音波を感じることは有るだろうが、それが人間にとって「良い」酒という結果になるというのは、人間の勝手かなと思う。

＊

ある種の鳥が、雌の気を引くために、巣穴付近に青い色の物を散りばめるそうだ。青色が美しいと感じているからであろう。鳥が青色のものを集めるのは、マズロウのいう5段階で言えば、第1段階の「生理的欲求」に区分されると思われる。

*

常識的に言えば「真」「善」で美しくないものも有るのではないか？　水に塩を入れれば溶解するとか、空気の何%を何が構成しているとかいうことは真かもしれないが、多くの人は美とは感じない。天体の動きも、特にそのシステムを美しいと感じる人もいるが、これは知的な満足感であり、簡明な美とはやや異なる。

破れ寺の賽銭箱に小銭を入れるとか、どのように使われるか分からない状況で何かの団体へ寄付をするとかいうことは、結果を別として、一応は、善かも知れないが、美とはいえないのではないか。

ある行為が、正義、善行である場合、人に一種の感動を与えれば、「●●●美」と呼ばれることも有るが、これは、表現の準用かもしれない。

＊

初めから宣伝等を目的にした作品には、それなりの雰囲気を持つものも有り、一方、不愉快さを投げかけるものも有る。宣伝を目的にしなくても、思い付きの作品は、通常、美しい印象を与えない。

＊

麻薬類による恍惚感は、理性を失っている状況なので、その状況での作品は、たまたま結果が良くても、制作者が美の創作意図を主張することに疑問が有る。

*

美しい自然を描いたものにも、美しいものも有れば、醜悪なものも有る。「音楽」についても美しいものも有れば、醜悪なものも有る。人が作り出すものは、美しいものも有れば、ひたすら騒音・騒色で有ることも少なくない。審美眼の程度も関係する。

*

雪を頂く富士山、桜、菜の花等々、ヒト以外の高等動物も、好感を持ちそうに思う。春の花、秋の月、新緑・紅葉を見れば、自然の美しさを感じる。鳥が鳴き、風が植物を揺らし、虫が鳴く等々も美しい。

人以外の生物は、その点で止まるが、人はその点から前進することがある。

＊

美しく感じる音、形からは音楽、造形が派生することがある、と推定されるがこれらは美しさだけではなく、人のいろいろな思いを表現するために用いられる。

＊

美は、一義的には、人の感性に、訴える事象であって、訴える形式は様々有る。単純に、又は傾向で言えば、「真」は論理的色彩が濃い世界、「善」は道徳的色彩が濃い世界であり、「美」は感覚的色彩の濃い世界だと思われる。

美は、「真」や、「善」の世界とは、感覚的には上部の世界に有る。

＊

文学、造形等については作成の背景を理解して初めて「そうか、そうなら美しい」と感じるものを、美しいと表現するのは妥当だろうか？　理屈を背景にした美しさは、時代や民族によって異なる評価が有ると思う。

ゲルニカは何気なく見て美しいものとは感じない。作品の背景を知っても美しいとは言えない。原爆の被害者の絵等も同じである。これらは人の心を深く打つものであるが、「美」とは別の基準で考えるべきものと思われる。

歌舞伎の「忠臣蔵」は、美しく作ろうという意図が有るので、何気なく見て美しいと思うのが普通である。ただ、背景を知って意見を変える人がいるかもしれない。

＊

では「美」とは何か？　美味しい飲食物を摂取することは、幸福であっても、美しいとは言えない。

日常の雑事の処理に追われる生活より一段と良い感覚、いわば一種の精神的満足感・恍惚感、を受け取ることではないか？

＊

人は、より良く生きたい、と願う。健康、富、賢明等と比して、美しい生き方は、これらを基礎として、これらの上部構造となっている。

＊

人は受動的な美を経験し、より美しいものを創り出そうとする。

美しい作品を作られるか否かは、多くの場合、昇華された心を持って、作品を作るか否かにかかっているように思われる。技巧的に、老練、枯淡、幼稚、という評価とは異なる。

生活の感性を磨くことで、美しいものはより美しくなる。

＊

美を作ろうとする者の意図と、美を受け取ろうとする者の感覚には、常に「ズレ」が有る。このズレは、感覚の差によるものと、理性または論理性に拠るものとが有る。理性・論理性は人により異なる。この差異は、自然の美しさに関するものより、人為的な美しさに関するもののほうが大きいと思われる。同じものを見聞しても受け取るインパクトは、皆異なる。

＊

いろいろ理屈は有るが、美しい生活を送りたいと思う。

第十二章　幽玄

沈香等のお香を焚くと、幽玄という言葉が思い浮かぶ。しんと静まり返った透明な世界。寒色系か薄墨。美しいというのではなく、寂しいということでもない。無気力とも異なる。わび・さび、諦観、閑寂、枯淡等の、いわば類語が有る。これらは、真善美徳礼信等の価値基準を離脱し、昇華された状況を表す。

薔薇、菊等の香りも、其々個性が有り、大変良いが、沈香の香りとはやはり別世界のものである。

幽玄を表そうというういろいろな試みは多く、その意図が成功している例も多い。

＊

「竹林の七賢」は、立派な人たちだったのであろうが、七人集まれば、水のごとき淡い関係であっても、幽玄の世界を維持するのは難しそうに思う。

＊

幽玄に比して、美は、生命感が遥かに強い。幽玄は、美を昇華させたものとも表現することも可能かもしれないが、むしろ美を脱却したものと感じられる。マズロウのいう第5段階を超えた状況と思われる。

＊

淡海節という唄が有る。「船を引き上げ漁師は帰る。後に残るのは櫓と櫂。波の音。浜の松風」。幽玄と迄は言えないかもしれないが、それに近い感覚が有る。

あとがき

表題を「解が無いことを考える」としたが、解が無いことはごく普通に有る。それらのうちで、いくつかを断片的に取り上げた。ある事象について真面目に考えることは、解が無くても良い結果を伴う。錬金術は金を作れなかったが、有益な結果を伴った。より深く考える人が多くなれば、社会は少し良くなる、と思うのは私の幻想だろうか。

どのテーマも、世界中の多くの研究者の膨大な努力の跡が有る。昔からの、超々重層の歴史が有る。ちょっとした思い付きで論じるのは、基本的に無理が有る。

地球温暖化、プラスチックごみ等への対策が急がれるときに、コロナ・ウィルス禍は三年余り続き、世界中に大きな後遺症を残した。ロシアによるウクライナ侵攻も一年余り続く。大げさに言うと、地球全体が、ソドムとゴモラの前触れに遇っているような感じも有るが、人は、これらに対応していくことになる。

〈著者紹介〉
有泉 純一（ありいずみ じゅんいち）

解《かい》が無《な》いことを考《かんが》える

2023年9月14日　第1刷発行

著　者　　有泉純一
発行人　　久保田貴幸

発行元　　株式会社 幻冬舎メディアコンサルティング
〒151-0051　東京都渋谷区千駄ヶ谷4-9-7
電話　03-5411-6440（編集）

発売元　　株式会社 幻冬舎
〒151-0051　東京都渋谷区千駄ヶ谷4-9-7
電話　03-5411-6222（営業）

印刷・製本　中央精版印刷株式会社

検印廃止

Printed in Japan
ISBN 978-4-344-94536-4 C0095
幻冬舎メディアコンサルティングＨＰ
https://www.gentosha-mc.com/